The Hunter's Lodge Case
L'Affaire du Hunter's Lodge

A Bilingual English/French Book

AGATHA CHRISTIE

with French translation by FRANCE DUBIN

Easy French Press

Easy French Press
Austin, Texas
easyfrenchpress.com

The English text by Agatha Christie was originally published by The Consolidated Magazines Corporation (The Blue Book Magazine) in 1924 and is in the public domain in the United States.

ISBN 978-1-960003-01-0 (Paperback edition)

20230207

CONTENTS

ABOUT THE TRANSLATION

A translation is not word for word, and an expression in one language may be best translated by a different expression in another language. For this translation, I made choices. I hope you will agree with my choices. Do not hesitate to write to me at france@francedubin.com. I am always happy to receive your messages.

USING THIS BOOK

You will find the English text on the left page and the French text on the right page.

I also highly recommend getting the audio book. Agatha Christie's short story is read in both English and French. It is a great exercise to train your ear and learn pronunciation.

I hope you enjoy this book!

France Dubin

NOTE SUR LA TRADUCTION

Une traduction ne se fait pas mot pour mot et une expression dans une langue peut être traduite par une expression différente dans une autre langue. Pour cette traduction, j'ai fait des choix. J'espère que vous serez d'accord avec mes choix. N'hésitez pas à m'écrire à france@francedubin.com. Je suis toujours contente de recevoir vos messages.

MODE D'EMPLOI

Vous trouverez le texte anglais sur la page de gauche et le texte français sur la page de droite.

Je recommande fortement aussi de se procurer le livre audio. La nouvelle d'Agatha Christie est lue en anglais et en français. C'est un excellent exercice pour entrainer votre oreille et apprendre la prononciation.

J'espère que vous allez apprécier ce livre !

France Dubin

THE HUNTER'S LODGE CASE

1.

"After all," murmured Poirot, "it is possible that I shall not die this time."

Coming from a convalescent influenza patient, I hailed the remark as showing a beneficial optimism. I myself had been the first sufferer from the disease. Poirot in his turn had gone down. He was now sitting up in bed, propped up with pillows.

"Yes, yes," my little friend continued. "Once more shall I be myself again, the great Hercule Poirot, the terror of evildoers! Figure to yourself, *mon ami*, that I have a little paragraph to myself in *Society Gossip*. But yes! Here it is!

"'Go it, criminals — all out! Hercule Poirot —and believe me, girls, he's some Hercules! —our own pet society detective can't get a grip on you. 'Cause why? 'Cause he's got *la grippe* himself!'".

L'AFFAIRE DU HUNTER'S LODGE

1.

« Après tout », a murmuré Poirot, « il est possible que je ne meure pas cette fois-ci. »

Venant d'un malade convalescent de la grippe, j'ai salué cette remarque comme faisant preuve d'un optimisme salutaire. J'avais moi-même été le premier à souffrir de la maladie. Poirot, à son tour, en a souffert. Il était maintenant assis dans son lit, soutenu par des oreillers.

« Oui, oui, » a continué mon cher ami. « Une fois de plus, je vais redevenir moi-même, le grand Hercule Poirot, la terreur des malfaiteurs ! Figurez-vous, *mon ami*, que j'ai un petit paragraphe à moi dans les *Potins de Société*. Mais si ! Le voici !

« 'Allez-y, criminels, - sortez tous ! Hercule Poirot, - et croyez-moi, mesdemoiselles, c'est un sacré Hercule ! - notre détective mondain à nous n'arrive pas à vous attraper. Pourquoi ? Parce qu'il a été attrapé lui-même par la grippe !' »

2.

I laughed.

"Good for you, Poirot. You are becoming quite a public character. And fortunately, you haven't missed anything of particular interest during this time."

"That is true. The few cases I have had to decline did not fill me with any regret."

Our landlady stuck her head in at the door.

"There's a gentleman downstairs. Says he must see M. Poirot or you, Captain. Seeing as he was in a great to-do — and with all that quite the gentleman—I brought up 'is card."

She handed me the bit of pasteboard. "'Hon. Roger Havering,'" I read.

Poirot motioned with his head toward the bookcase, and I obediently pulled forth the "Who's Who." Poirot took it from me and scanned the pages rapidly.

"Second son of fifth Baron Windsor. Married 1913 Zoe, fourth daughter of William Crabb."

"H'm," I said. "I rather fancy that's the girl who used to act at the Frivolity—only she called herself Zoe Carrisbrook. I remember she married some young man about town just before the war."

"Would it interest you, Hastings, to go down and hear what our visitor's particular trouble is? Make him all my excuses."

2.

J'ai ri.

« Tant mieux pour vous, Poirot. Vous êtes en train de devenir un personnage public. Et heureusement, vous n'avez rien manqué de particulièrement intéressant pendant ce temps. »

« C'est vrai. Les quelques affaires que j'ai dû refuser ne m'ont pas rempli de regret. »

Notre logeuse a passé la tête par la porte.

« Il y a un monsieur en bas. Il dit qu'il doit voir Mr Poirot ou vous, capitaine. Vu qu'il était dans tous ses états, - et avec tout ça, un vrai gentleman, - j'ai apporté sa carte. »

Elle m'a tendu le morceau de carton. « L'honorable Roger Havering », ai-je lu.

Poirot a fait un geste de la tête vers la bibliothèque, et j'ai sorti docilement le "Who's Who". Poirot me l'a pris des mains et a parcouru les pages rapidement.

« Deuxième fils du cinquième baron Windsor. A marié en 1913 Zoe, quatrième fille de William Crabb. »

« Hum », ai-je dit. « J'ai l'impression que c'est la fille qui jouait au Frivolity, mais elle se faisait appeler Zoe Carrisbrook. Je me souviens qu'elle a épousé un jeune homme mondain juste avant la guerre. »

« Est-ce que cela vous intéresserait, Hastings, de descendre et d'entendre le problème particulier de notre visiteur ? Présentez-lui toutes mes excuses. »

3.

Roger Havering was a man of about forty, well set up and of smart appearance.

His face, however, was haggard, and he was evidently laboring under great agitation.

"Captain Hastings? You are M. Poirot's partner, I understand. It is imperative that he should come with me to Derbyshire today."

"I'm afraid that's impossible," I replied. "Poirot is ill in bed—influenza."

His face fell.

"Dear me, that is a great blow to me."

"The matter on which you want to consult him is serious?"

"My God, yes! My uncle, the best friend I have in the world, was foully murdered last night."

"Here in London?"

"No, in Derbyshire. I was in town and received a telegram from my wife this morning. Immediately upon its receipt I determined to come round and beg M. Poirot to undertake the case."

"If you will excuse me a minute," I said, struck by a sudden idea.

I rushed upstairs, and in few brief words acquainted Poirot with the situation. He took any further words out of my mouth.

"I see—I see. You want to go yourself, is it not so? Well, why not? You should know my methods by now. All I ask is that you should report to me fully every day and follow implicitly any instructions I may wire you."

3.

Roger Havering était un homme d'environ quarante ans, bien bâti et d'apparence élégante.

Son visage, cependant, était hagard, et il était manifestement dans un état très agité.

"Capitaine Hastings ? Vous êtes l'associé de Mr Poirot, si je comprends bien. Il est impératif qu'il vienne avec moi dans le Derbyshire aujourd'hui. »

« J'ai peur que ce soit impossible », ai-je répondu. « Poirot est malade au lit, la grippe. »

Son visage s'est décomposé.

« Zut alors, c'est un coup dur pour moi. »

« L'affaire sur laquelle vous voulez le consulter est grave ? »

« Mon Dieu, oui ! Mon oncle, le meilleur ami que j'aie au monde, a été lâchement assassiné la nuit dernière. »

« Ici, à Londres ? »

« Non, dans le Derbyshire. J'étais en ville et j'ai reçu un télégramme de ma femme ce matin. Dès sa réception, j'ai décidé de venir prier Mr Poirot de se charger de l'affaire. »

« Si vous voulez bien m'excuser une minute », j'ai dit, frappé par une idée soudaine.

Je me suis précipité à l'étage et, en quelques mots brefs, j'ai informé Poirot de la situation. Il m'a ensuite enlevé les mots de la bouche.

« Je vois, je vois. Vous voulez y aller vous-même, n'est-ce pas ? Eh bien, pourquoi pas ? Vous devriez connaître mes méthodes à présent. Tout ce que je demande, c'est que vous me fassiez un rapport complet chaque jour, et que vous suiviez implicitement toutes les instructions que je pourrais vous transmettre. »

4.

To this I willingly agreed, and an hour later I was sitting opposite Mr. Havering in a first-class carriage on the Midland Railway, speeding rapidly away from London.

"To begin with, Captain Hastings, you must understand that Hunter's Lodge, where we are going, and where the tragedy took place, is only a small shooting-box in the heart of the Derbyshire moors. Our real home is near Newmarket, and we usually rent a flat in town for the season. Hunter's Lodge is looked after by a housekeeper who is quite capable of doing all we need when we run down for an occasional weekend. Of course, during the shooting season, we take down some of our own servants from Newmarket.

"My uncle, Mr. Harrington Pace (as you may know, my mother was a Miss Pace of New York), has for the last three years made his home with us. He never got on well with my father, or my elder brother, and I suspect that my being somewhat of a prodigal son myself rather increased than diminished his affection toward me. Of course, I am a poor man, and my uncle was a rich one, in other words, he paid the piper! But though exacting in many ways, he was not really hard to get on with, and we all three lived very harmoniously together.

4.

J'ai accepté ceci volontiers et, une heure plus tard, j'étais assis en face de Mr Havering dans un wagon de première classe du Midland Railway, qui s'éloignait rapidement de Londres.

« Pour commencer, capitaine Hastings, vous devez comprendre que Hunter's Lodge, où nous allons et où la tragédie a eu lieu, n'est qu'un petit chalet de chasseurs au cœur des landes du Derbyshire. Notre vraie maison est près de Newmarket, et nous louons habituellement un appartement en ville pour la saison. Hunter's Lodge est entretenu par une gouvernante qui est tout à fait capable de faire tout ce dont nous avons besoin lorsque nous nous y rendons pour un week-end occasionnel. Bien entendu, pendant la saison de chasse, nous faisons venir de Newmarket certains de nos propres domestiques.

Mon oncle, Mr Harrington Pace (comme vous le savez peut-être, ma mère était une Miss Pace de New York), a élu domicile chez nous depuis trois ans. Il ne s'est jamais bien entendu avec mon père, ni avec mon frère aîné, et je soupçonne que le fait que je sois moi-même un peu un fils prodigue a plutôt augmenté que diminué son affection à mon égard. Bien sûr, je suis un homme pauvre, et mon oncle était riche, en d'autres termes, c'est lui qui payait ! Mais bien qu'exigeant à bien des égards, il n'était pas vraiment difficile à vivre, et nous vivions tous les trois très harmonieusement ensemble.

5.

"Two days ago, my uncle, rather wearied with some recent gayeties of ours in town, suggested that we should run down to Derbyshire for a day or two. My wife telegraphed to Mrs. Middleton, the housekeeper, and we went down that same afternoon. Yesterday evening I was forced to return to town, but my wife and my uncle remained on. This morning I received this telegram."

He handed it over to me, and I read:

Come at once. Uncle Harrington murdered last night. Bring good detective if you can, but do come.

Zoe.

"Then as yet you know no details?"

"No, I suppose it will be in the evening papers. Without doubt the police are in charge."

It was about three o'clock when we arrived at the little station of Elmer's Dale. From there a five-mile drive brought us to a small gray stone building in the midst of the rugged moors.

"A lonely place," I observed.

Havering nodded.

"I shall try and get rid of it. I could never live here again."

We unlatched the gate and were walking up the narrow path to the oak door when a familiar figure emerged and came to meet us.

"Japp!" I ejaculated.

5.

Il y a deux jours, mon oncle, plutôt fatigué de nos récentes réjouissances en ville, nous a suggéré de descendre dans le Derbyshire pour un jour ou deux. Ma femme a télégraphié à Mme Middleton, la gouvernante, et nous sommes partis l'après-midi même. Hier soir, j'ai été obligé de retourner en ville, mais ma femme et mon oncle y sont restés. Ce matin, j'ai reçu ce télégramme. »

Il me l'a tendu, et j'ai lu :

Venez tout de suite. Oncle Harrington a été assassiné la nuit dernière. Amenez un bon détective si vous le pouvez, mais venez vite.

Zoe.

« Alors vous ne connaissez pas encore les détails ? »

« Non, je suppose que ce sera dans les journaux du soir. Sans aucun doute, la police s'en charge. »

Il était environ trois heures lorsque nous sommes arrivés à la petite station d'Elmer's Dale. De là, un trajet de huit kilomètres nous a amené à un petit bâtiment de pierre grise au milieu des landes accidentées.

« Un endroit solitaire », ai-je observé.

Havering a hoché la tête.

« Je vais essayer de m'en débarrasser. Je ne pourrais plus jamais vivre ici. »

Nous avons ouvert le portail et nous montions l'étroit sentier jusqu'à la porte en chêne lorsqu'une silhouette familière en est sortie et est venue à notre rencontre.

« Japp ! » je me suis exclamé.

6.

The Scotland Yard Inspector grinned at me in a friendly fashion before addressing my companion.

"Mr. Havering, I think? I've been sent down from London to take charge of this case, and I'd like a word with you, if I may, sir."

"My wife——"

"I've seen your good lady, sir—and the housekeeper. I won't keep you a moment, but I'm anxious to get back to the village now that I've seen all there is to see here."

"I know nothing as yet as to what—"

"Ex-actly," said Japp soothingly. "But there are just one or two little points I'd like your opinion about all the same. Captain Hastings, here, he knows me, and he'll go on up to the house and tell them you're coming."

I went on to the house. I rang the bell, as Japp had closed the door behind him. After some moments it was opened to me by a middle-aged woman in black.

"Mr. Havering will be here in a moment," I explained. "He has been detained by the Inspector. I have come down with him from London to look into the case. Perhaps you can tell me briefly what occurred last night?"

"Come inside, sir." She closed the door behind me, and we stood in the dimly lighted hall.

6.

L'inspecteur de Scotland Yard m'a adressé un sourire amical avant de s'adresser à mon compagnon.

« Mr Havering, je crois ? On m'a envoyé de Londres pour me charger de cette affaire, et j'aimerais vous parler, si vous le permettez, monsieur. »

« Ma femme—»

« J'ai vu votre charmante femme, monsieur, et la gouvernante. Je ne vous retiendrai pas longtemps, mais j'ai hâte de retourner au village maintenant que j'ai vu tout ce qu'il y a à voir ici. »

« Je ne sais encore rien de ce que... »

« Exactement », dit Japp d'un ton apaisant. « Mais il y a juste un ou deux petits points sur lesquels j'aimerais avoir votre avis tout de même. Le capitaine Hastings, ici présent, me connaît, et il va monter à la maison et leur dire que vous arrivez. »

Je suis allé à la maison. J'ai sonné, car Japp avait fermé la porte derrière lui. Après quelques instants, une femme en noir d'âge mûr m'a ouvert.

« Mr Havering sera là dans un instant », ai-je expliqué. « Il a été retenu par l'inspecteur. Je suis venu avec lui de Londres pour examiner l'affaire. Peut-être pouvez-vous me dire brièvement ce qui s'est passé la nuit dernière ? »

« Entrez, monsieur. » Elle a fermé la porte derrière moi, et nous sommes restés dans le hall d'entrée faiblement éclairé.

7.

"It was after dinner last night, sir, that the man came. He asked to see Mr. Pace, sir, and seeing that he spoke the same way, I thought it was an American gentleman friend of Mr. Pace's, and I showed him into the gun-room, and then went to tell Mr. Pace. He wouldn't give no name, which of course was a bit odd, now I come to think of it.

"I told Mr. Pace, and he seemed puzzled, like, but he said to the mistress: 'Excuse me, Zoe, while I just see what this fellow wants.' He went off to the gun-room, and I went back to the kitchen, but after a while I heard loud voices, as if they were quarreling, and I came out into the hall. At the same time, the mistress she comes out too, and just then there was a shot and then a dreadful silence. We both ran to the gun-room door, but it was locked, and we had to go round to the window. It was open, and there inside was Mr. Pace, all shot and bleeding."

"What became of the man?"

"He must have got away through the window, sir, before we got to it."

"And then?"

"Mrs. Havering sent me to fetch the police. Five miles to walk, it was. They came back with me; and the constable, he stayed all night; and this morning the police gentleman from London arrived."

"What was this man like who called to see Mr. Pace?"

The housekeeper reflected.

7.

« C'est après le dîner hier soir, monsieur, que l'homme est venu. Il a demandé à voir Mr Pace, monsieur, et voyant qu'il parlait de la même façon, j'ai pensé que c'était un gentleman américain ami de Mr Pace, et je l'ai fait entrer dans la salle d'armes, puis je suis allée le dire à Mr Pace. Il n'a pas voulu donner de nom, ce qui était bien sûr un peu étrange, maintenant que j'y pense.

Je l'ai dit à Mr Pace, et il avait l'air perplexe, quoi, mais il a dit à la maîtresse : « Excusez-moi, Zoe, je vais voir ce que veut ce type. » Il est allé dans la salle d'armes, et je suis retournée à la cuisine, mais après un moment, j'ai entendu des voix fortes, comme s'ils se disputaient, et je suis sortie dans le hall. Au même moment, la maîtresse est sortie elle aussi, et juste après il y a eu un coup de feu, puis un silence épouvantable. Nous avons couru toutes les deux vers la porte de la salle d'armes, mais elle était fermée à clé, et nous avons dû faire le tour jusqu'à la fenêtre. Elle était ouverte, et à l'intérieur se trouvait Mr Pace, abattu et en sang, quoi. »

« Qu'est devenu l'homme ? »

« Il a dû s'enfuir par la fenêtre, monsieur, avant qu'on n'y arrive."

« Et ensuite ? »

« Mme Havering m'a envoyée chercher la police. Il y avait huit kilomètres à faire à pied. Ils sont revenus avec moi ; et l'agent de police, il est resté toute la nuit ; et ce matin, le monsieur de la police de Londres est arrivé. »

« Comment était cet homme qui est venu pour voir Mr Pace ? »

La gouvernante a réfléchi.

8.

"He had a black beard, sir, and was about middle-aged, and had on a light overcoat. Beyond the fact that he spoke like an American, I didn't notice much about him."

"I see. Now, I wonder if I can see Mrs. Havering?"

"She's upstairs, sir. Shall I tell her?"

"If you please. Tell her that Mr. Havering is outside with Inspector Japp, and that the gentleman he has brought back with him from London is anxious to speak to her as soon as possible."

"Very good, sir."

I was in a fever of impatience to get at all the facts. Japp had two or three hours start of me, and his anxiety to be gone made me keen to be close at his heels.

Mrs. Havering did not keep me waiting long. In a few minutes I heard a light step descending the stairs, and looked up to see a very handsome young woman coming toward me. She wore a flame-colored jumper, that set off the slender boyishness of her figure. On her dark head was a little hat of flame-colored leather. Even the present tragedy could not dim the vitality of her personality.

I introduced myself, and she nodded in quick comprehension.

"Of course I have often heard of you and your colleague, M. Poirot. You have done some wonderful things together, haven't you? It was very clever of my husband to get you so promptly. Now, will you ask me questions? That is the easiest way, isn't it, of getting to know all you want to about this dreadful affair?"

8.

« Il avait une barbe noire, monsieur, et avait à peu près la cinquantaine, et portait un léger pardessus. En dehors du fait qu'il parlait comme un Américain, je n'ai pas remarqué grand-chose chez lui. »

« Je vois. Maintenant, je me demande si je peux voir Mme Havering ? »

« Elle est à l'étage, monsieur. Dois-je lui dire ? »

« S'il vous plaît. Dites-lui que Mr Havering est dehors avec l'inspecteur Japp, et que l'homme qu'il a ramené avec lui de Londres est impatient de lui parler dès que possible. »

« Très bien, monsieur. »

J'étais très impatient d'obtenir tous les faits. Japp avait deux ou trois heures d'avance sur moi, et son impatience à partir m'a donné envie de rester sur ses talons.

Mme Havering ne m'a pas fait attendre longtemps. Au bout de quelques minutes, j'ai entendu un pas léger descendre l'escalier, et j'ai levé les yeux pour voir une très belle jeune femme qui venait vers moi. Elle portait un pull couleur rouge feu, qui mettait en valeur la minceur garçonnière de sa silhouette. Sur sa tête sombre, il y avait un petit chapeau de cuir couleur flamme. Même la tragédie actuelle ne pouvait atténuer la vitalité de sa personnalité.

Je me suis présenté, et elle a hoché la tête en signe de compréhension rapide.

« Bien sûr, j'ai souvent entendu parler de vous et de votre collègue, Mr Poirot. Vous avez fait des choses merveilleuses ensemble, n'est-ce pas ? C'était très intelligent de la part de mon mari de vous faire venir si rapidement. Maintenant, allez-vous me poser des questions ? C'est le moyen le plus facile, n'est-ce pas, de savoir tout ce que vous voulez savoir sur cette épouvantable affaire ? »

9.

"Thank you, Mrs. Havering. Now, what time was it that this man arrived?"

"It must have been just before nine o'clock. We had finished dinner, and were sitting over our coffee and cigarettes."

"Your husband had already left for London?"

"Yes, he went up by the 6.15."

"Did he go by car to the station, or did he walk?"

"Our own car isn't down here. One came out from the garage in Elmer's Dale to fetch him in time for the train."

"Was Mr. Pace quite his usual self?"

"Absolutely—most normal in every way."

"Now, can you describe this visitor at all?"

"I'm afraid not. I didn't see him. Mrs. Middleton showed him straight into the gun-room and then came to tell my uncle."

"What did your uncle say?"

"He seemed rather annoyed, but went off at once. It was about five minutes later that I heard the sound of raised voices. I ran out into the hall, and almost collided with Mrs. Middleton. Then we heard the shot. The gun-room door was locked on the inside, and we had to go round the house to the window. Of course that took some time, and the murderer had been able to get well away. My poor uncle"—her voice faltered—"had been shot through the head. I saw at once that he was dead, and I sent Mrs. Middleton for the police straight away. I was careful to touch nothing in the room but to leave it exactly as I found it."

9.

« Merci, Mme Havering. Alors, à quelle heure cet homme est arrivé ? »

« Il devait être juste avant vingt-et-une heures. Nous avions fini de dîner, et étions assis avec notre café et nos cigarettes. »

« Votre mari était déjà parti pour Londres ? »

« Oui, il a pris le train de dix-huit heures quinze. »

« Il est allé à la gare en voiture, ou à pied ? »

« Notre propre voiture n'est pas ici. Une autre est sortie du garage d'Elmer's Dale pour venir le chercher à temps pour le train. »

« Est-ce que Mr Pace était comme d'habitude ? »

« Absolument - tout à fait normal dans tous les sens du terme. »

« Maintenant, pouvez-vous décrire ce visiteur ? »

« Je crains bien que non. Je ne l'ai pas vu. Mme Middleton l'a conduit directement dans la salle d'armes et est venue le dire à mon oncle. »

« Qu'a dit votre oncle ? »

« Il semblait plutôt irrité, mais il est parti aussitôt. C'est environ cinq minutes plus tard que j'ai entendu des voix s'élever. J'ai couru dans le hall d'entrée et j'ai failli entrer en collision avec Mme Middleton. Puis nous avons entendu le coup de feu. La porte de la salle d'armes était fermée de l'intérieur, et nous avons dû faire le tour de la maison jusqu'à la fenêtre. Bien sûr, cela a pris du temps, et le meurtrier a pu s'enfuir loin. Mon pauvre oncle » - sa voix a faibli – « avait reçu une balle dans la tête. J'ai vu tout de suite qu'il était mort, et j'ai envoyé Mme Middleton chercher la police tout de suite. J'ai pris soin de ne toucher à rien dans la chambre, mais de la laisser exactement comme je l'ai trouvée. »

10.

I nodded approval.

"Now, as to the weapon?"

"Well, I can make a guess at it, Captain Hastings. A pair of revolvers of my husband's were mounted upon the wall. One of them is missing. I pointed this out to the police, and they took the other one away with them. When they have extracted the bullet, I suppose they will know for certain."

"May I go to the gun-room?"

"Certainly. The police have finished with it. But the body has been removed."

She accompanied me to the scene of the crime. At that moment Havering entered the hall, and with a quick apology, his wife ran to him. I was left to undertake my investigations alone.

I may as well confess at once that they were rather disappointing. In detective-novels, clues abound, but here I could find nothing that struck me as out of the ordinary except a large bloodstain on the carpet where I judged the dead man had fallen. I examined everything with painstaking care and took a couple of pictures of the room with my little camera, which I had brought with me. I also examined the ground outside the window, but it appeared to have been so heavily trampled that I judged it was useless to waste time over it. Now I had seen all that Hunter's Lodge had to show me. I must go back to Elmer's Dale and get into touch with Japp.

10.

J'ai approuvé d'un signe de tête.

« Maintenant, en ce qui concerne l'arme ? »

« Eh bien, je peux faire une supposition, capitaine Hastings. Une paire de revolvers de mon mari était accrochée sur le mur. L'un d'eux a disparu. Je l'ai signalé à la police, et ils ont emporté l'autre. Quand ils auront extrait la balle, je suppose qu'ils en auront le cœur net. »

« Puis-je aller dans la salle d'armes ? »

« Certainement. La police a terminé. Mais le corps a été enlevé. »

Elle m'a accompagné sur la scène du crime. À ce moment-là, Havering est entré dans le hall, et avec des excuses rapides, sa femme a couru vers lui. J'ai été laissé seul pour entreprendre mes investigations.

Autant avouer tout de suite qu'elles ont été plutôt décevantes. Dans les romans policiers, les indices abondent, mais ici, je n'ai rien trouvé qui m'a paru sortir de l'ordinaire, si ce n'est une grande tache de sang sur le tapis, là où je pensais que le mort était tombé. J'ai tout examiné avec un soin minutieux et j'ai pris quelques photos de la pièce avec mon petit appareil photo, que j'avais apporté avec moi. J'ai également examiné le sol à l'extérieur de la fenêtre, mais il semblait avoir été si lourdement piétiné que j'ai jugé inutile de perdre du temps avec lui. Maintenant, j'avais vu tout ce que Hunter's Lodge avait à me montrer. Je dois retourner à Elmer's Dale et prendre contact avec Japp.

11.

Accordingly I took leave of the Haverings, and was driven off in the car that had brought us up from the station.

Japp I found at the Matlock Arms, and he took me forthwith to see the body. Harrington Pace was a small, spare, cleanshaven man, typically American in appearance. He had been shot through the back of the head, and the revolver had been discharged at close quarters.

"Turned away for a moment," remarked Japp, "and the other fellow snatched up a revolver and shot him. The one Mrs. Havering handed over to us was fully loaded, and I suppose the other one was also. Curious what darn fool things people do. Fancy keeping two loaded revolvers hanging up on your wall!"

"What do you think of the case?" I asked as we left the gruesome chamber behind us.

"Well, I'd got my eye on Havering to begin with.... Oh, yes,"—noting my exclamation of astonishment,—"Havering has one or two shady incidents in his past. When he was a boy at Oxford, there was some funny business about the signature on one of his father's checks. All hushed up, of course. Then he's pretty heavily in debt now, and they're the kind of debts he wouldn't like to go to his uncle about; whereas you may be sure the uncle's will would be in his favor. Yes, I'd got my eye on him, and that's why I wanted to speak to him before he saw his wife; but their statements dovetail all right, and I've been to the station, and there's no doubt whatever that he left by the 6.15. That gets up to London about ten-thirty. He went straight to his club, he says, and if that's confirmed all right—why, he couldn't have been shooting his uncle here at nine o'clock in a black beard!"

11.

En conséquence, j'ai pris congé des Haverings et j'ai été conduit dans la voiture qui nous avait amenés de la gare.

J'ai trouvé Japp au Matlock Arms, et il m'a emmené immédiatement voir le corps. Harrington Pace était un homme petit, mince, bien rasé, d'apparence typiquement américaine. On lui avait tiré une balle à l'arrière de la tête, et le revolver avait été déchargé à bout portant.

« Il s'est détourné un instant », a remarqué Japp, « et l'autre type a pris un revolver et l'a abattu. Celui que Mme Havering nous a remis était chargé, et je suppose que l'autre l'était aussi. C'est curieux ce que les gens font comme bêtises. Imaginez avoir deux revolvers chargés accrochés à votre mur ! »

« Que pensez-vous de l'affaire ? » J'ai demandé alors que nous laissions la chambre macabre derrière nous.

« Eh bien, j'avais l'œil sur Havering pour commencer… Oh, oui, » – en tenant compte de mon exclamation d'étonnement, « Havering a un ou deux incidents louches dans son passé. Quand il était jeune homme à Oxford, il y a eu une drôle d'affaire concernant la signature d'un des chèques de son père. Tout a été étouffé, bien sûr. Puis il est assez lourdement endetté maintenant, et c'est le genre de dettes pour lesquelles il n'aimerait pas aller voir son oncle ; alors que vous pouvez être sûr que le testament de l'oncle serait en sa faveur. Oui, je l'avais à l'œil, et c'est pourquoi je voulais lui parler avant qu'il ne voie sa femme ; mais leurs déclarations concordent parfaitement, et je suis allé à la gare, et il n'y a aucun doute qu'il est parti par le train de dix-huit heures quinze, qui arrive à Londres vers vingt-deux heures trente. Il est allé directement à son club, dit-il, et si tout cela est bien confirmé - eh bien, il n'aurait pas pu tirer sur son oncle ici à vingt-et-une heures avec une barbe noire ! »

12.

"Ah, yes—I was going to ask you what you thought about that beard?"

Japp winked.

"I think it grew pretty fast—grew in the five miles from Elmer's Dale to Hunter's Lodge. Americans that I've met are mostly clean shaven. I questioned the housekeeper first, and then her mistress, and their stories agree all right; but I'm sorry Mrs. Havering didn't get a look at the fellow. She's a smart woman, and she might have noticed something that would set us on the track."

I sat down and wrote a minute and lengthy account to Poirot. I was able to add various further items of information before I posted the letter.

The bullet had been extracted and was proved to have been fired from a revolver identical in size to the one held by the police. Furthermore, Mr. Havering's movements on the night in question had been checked and verified, and it was proved beyond doubt that he had actually arrived in London by the train in question. And thirdly, a sensational development had occurred. A city gentleman, living at Ealing, on crossing Haven Green to get to the District Railway station that morning, had observed a brown paper parcel stuck between the railings. Opening it, he found that it contained a revolver. He handed the parcel over to the local police station, and before night it was proved to be the one we were in search of, the fellow to that given us by Mrs. Havering. One bullet had been fired from it.

12.

« Ah, oui - j'allais vous demander ce que vous pensiez de cette barbe ? »

Japp a fait un clin d'oeil.

« Je pense qu'elle a poussé assez vite - elle a poussé pendant les huit kilomètres qui séparent Elmer's Dale de Hunter's Lodge. Les Américains que j'ai rencontrés sont pour la plupart rasés de près. J'ai d'abord interrogé la gouvernante, puis sa maîtresse, et leurs histoires concordent parfaitement ; mais je regrette que Mme Havering n'ait pas pu voir le type. C'est une femme intelligente, et elle aurait pu remarquer quelque chose qui nous aurait mis sur la piste. »

Je me suis assis et j'ai écrit un compte rendu minutieux et long à Poirot. J'ai pu ajouter divers éléments d'information supplémentaires avant de poster la lettre.

La balle a été extraite et il a été prouvé qu'elle avait été tirée par un revolver de taille identique à celui détenu par la police. De plus, les déplacements de Mr Havering la nuit en question ont été contrôlés et vérifiés, et il a été prouvé sans aucun doute qu'il était effectivement arrivé à Londres par le train en question. Et troisièmement, un développement sensationnel s'était produit. Un monsieur de la ville, habitant à Ealing, en traversant Haven Green pour se rendre à la gare du District Railway ce matin-là, avait observé un colis en papier brun coincé entre les rails. En l'ouvrant, il a découvert qu'il contenait un revolver. Il a remis le paquet au poste de police local, et avant la nuit, il a été prouvé que c'était celui que nous recherchions, le jumeau de celui que nous a donné Mme Havering. Une balle en avait été tirée.

13.

All this I added to my report. A wire from Poirot arrived while I was at breakfast the following morning:

Of course black-bearded man was not Havering. Only you or Japp would have such an idea. Wire me description of housekeeper and what clothes she wore this morning. Same of Mrs. Havering. Do not waste time taking photographs of interiors. They are underexposed and not in the least artistic.

It seemed to me that Poirot's style was unnecessarily facetious. I also fancied he was a shade jealous of my position on the spot, with full facilities for handling the case. His request for a description of the clothes worn by the two women appeared to me to be simply ridiculous, but I complied as well as I, a mere man, was able to.

At eleven a reply wire came from Poirot:

Advise Japp arrest housekeeper before it is too late.

Dumfounded, I took the wire to Japp. He swore softly under his breath.

"He's the goods, M. Poirot! If he says so, there's something in it. And I hardly noticed the woman! I don't know that I can go so far as arresting her, but I'll have her watched. We'll go up right away and take another look at her."

13.

J'ai ajouté tout cela à mon rapport. Un télégramme de Poirot est arrivé pendant que je prenais mon petit-déjeuner le lendemain matin :

Bien sûr, l'homme à la barbe noire n'était pas Havering. Il n'y a que vous ou Japp pour avoir une telle idée. Télégraphiez-moi la description de la gouvernante et les vêtements qu'elle portait ce matin. Même chose pour Mme Havering. Ne perdez pas de temps à prendre des photos d'intérieurs. Elles sont sous-exposées et pas du tout artistiques.

Il me semblait que le style de Poirot était inutilement facétieux. J'imaginais aussi qu'il était un peu jaloux de ma présence sur place, avec toutes les facilités pour traiter l'affaire. Sa demande de description des vêtements portés par les deux femmes me paraissait tout simplement ridicule, mais je m'y suis plié du mieux que j'ai pu, moi, un simple homme.

À vingt-trois heures, un télégramme de réponse est arrivé de Poirot :

Conseillez à Japp d'arrêter la gouvernante avant qu'il ne soit trop tard.

Abasourdi, j'ai apporté le télégramme à Japp. Il a juré doucement dans sa barbe.

« Il est fort, Mr Poirot ! S'il le dit, c'est qu'il y a quelque chose là-dedans. Et j'ai à peine remarqué la femme ! Je ne sais pas si je peux aller jusqu'à l'arrêter, mais je vais la faire surveiller. Nous allons monter tout de suite et l'observer à nouveau. »

14.

But it was too late. Mrs. Middleton, that quiet, middle-aged woman, who had appeared so normal and respectable, had vanished into thin air. Her box had been left behind. It contained only ordinary wearing apparel. There was no clue in it to her identity, or as to her whereabouts.

From Mrs. Havering we elicited all the facts we could.

"I engaged her about three weeks ago, when Mrs. Emery, our former housekeeper, left. She came to me from Mrs. Selbourne's Agency in Mount St.—a very well-known place. I get all my servants from there. They sent several women to see me, but this Mrs. Middleton seemed much the nicest, and had splendid references. I engaged her on the spot, and notified the Agency of the fact. I can't believe that there was anything wrong with her. She was such a nice, quiet woman."

The thing was certainly a mystery.

While it was clear that the woman herself could not have committed the crime, since at the moment the shot was fired Mrs. Havering was with her in the hall, nevertheless she must have some connection with the murder, or why should she suddenly take to her heels and bolt?

I wired the latest development to Poirot, and suggested returning to London and making inquiries at Selbourne's Agency. Poirot's reply was prompt:

Useless to inquire at Agency. They will never have heard of her. Find out what vehicle took her up to Hunter's Lodge when she first arrived there.

14.

Mais il était trop tard. Mme Middleton, cette femme tranquille, d'âge mûr, qui avait paru si normale et respectable, s'était volatilisée. Son coffre avait été laissé derrière elle. Il ne contenait que des vêtements ordinaires. Il n'y avait aucun indice sur son identité, ni sur l'endroit où elle se trouvait.

Nous avons obtenu de Mme Havering tous les faits que nous avons pu.

« Je l'ai engagée il y a environ trois semaines, lorsque Mme Emery, notre ancienne gouvernante, est partie. Elle m'est venue de l'agence de Mme Selbourne à Mount Street, un endroit très connu. C'est là que j'obtiens tous mes domestiques. Ils m'ont envoyé plusieurs femmes, mais cette Mme Middleton m'a semblé la plus gentille et avait d'excellentes références. Je l'ai engagée sur le champ et j'en ai informé l'Agence. J'ai du mal à croire qu'il y avait quelque chose qui n'allait pas chez elle. C'était une femme si gentille et si calme. »

La chose était certainement un mystère.

S'il était évident que la femme elle-même ne pouvait pas avoir commis le crime, puisqu'au moment où le coup de feu avait été tiré, Mme Havering était avec elle dans le hall d'entrée, il n'en reste pas moins qu'elle devait avoir un lien quelconque avec le meurtre, sinon pourquoi aurait-elle soudainement pris ses jambes à son cou et filé ?

J'ai câblé les derniers développements à Poirot et suggéré de retourner à Londres pour me renseigner auprès de l'agence Selbourne. La réponse de Poirot a été rapide :

Inutile de se renseigner à l'Agence. Ils n'auront jamais entendu parler d'elle. Trouvez quel véhicule l'a emmenée à Hunter's Lodge quand elle y est arrivée en premier.

15.

Though mystified, I was obedient. The means of transport in Elmer's Dale were limited. The local garage had two cars, and there were two station flies. None of these had been requisitioned on the date in question. I may also mention that inquiries at the Agency in London bore out Poirot's prognostication. No such woman as "Mrs. Middleton" had ever been on their books. They had received the Hon. Mrs. Havering's application for a housekeeper, and had sent her various applicants for the post. When she sent them the engagement fee, she omitted to mention which woman she had selected.

Somewhat crestfallen, I returned to London. I found Poirot established in an armchair by the fire. He greeted me with much affection.

"*Mon ami Hastings!* But how glad I am to see you! Veritably I have for you a great affection! And you have enjoyed yourself? You have run to and fro with the good Japp? You have interrogated and investigated to your heart's content?"

"Poirot," I cried, "the thing's a dark mystery! It will never be solved."

"It is true that we are not likely to cover ourselves with glory over it."

"No, indeed. It's a hard nut to crack."

"Oh, as far as that goes, me, I am very good at cracking the nuts! A veritable squirrel! It is not that which embarrasses me. I know well enough who killed Mr. Harrington Pace."

15.

Bien que mystifié, j'étais obéissant. Les moyens de transport à Elmer's Dale étaient limités. Le garage local avait deux voitures, et il y avait deux fiacres. Aucun de ces véhicules n'avait été réquisitionné le jour en question. Je dois également mentionner que les enquêtes menées à l'Agence de Londres ont confirmé le pronostic de Poirot. Aucune femme du nom de "Mme Middleton" n'avait jamais figuré dans leurs registres. Ils avaient reçu la demande de l'honorable Mme Havering pour une gouvernante, et lui avaient envoyé plusieurs candidates pour le poste. Lorsqu'elle leur a envoyé les frais d'engagement, elle a omis de mentionner quelle femme elle avait choisie.

Quelque peu découragé, je suis retourné à Londres. J'ai trouvé Poirot installé dans un fauteuil au coin du feu. Il m'a salué avec beaucoup d'affection.

« Mon ami Hastings ! Mais que je suis heureux de vous voir ! En vérité, j'ai pour vous une grande affection ! Et vous vous êtes amusé ? Vous avez couru dans tous les sens avec le bon Japp ? Vous avez interrogé et enquêté à votre guise ? »

« Poirot, » je me suis écrié, « la chose est un sombre mystère ! On ne le résoudra jamais. »

« Il est vrai qu'il est peu probable que nous nous couvrions de gloire à son sujet. »

« Non, en effet. C'est un vrai casse-tête. »

« Oh, en ce qui me concerne, moi, je suis très doué pour résoudre les casse-têtes ! Un véritable génie ! Ce n'est pas cela qui m'embarrasse. Je sais très bien qui a tué Mr Harrington Pace. »

16.

"You know? How did you find out?"

"Your illuminating answers to my wires supplied me with the truth. See here, Hastings, let us examine the facts methodically and in order. Mr. Harrington Pace is a man with a considerable fortune which at his death will doubtless pass to his nephew—point number one. His nephew is known to be desperately hard up—point number two. His nephew is also known to be—shall we say a man of loose moral fiber? Point number three!"

"But Roger Havering is proved to have journeyed straight up to London."

"*Précisément!* And therefore, as Mr. Havering left Elmer's Dale at 6.15, and since Mr. Pace cannot have been killed before he left (or the doctor would have spotted the time of the crime as being given wrongly when he examined the body), we conclude, quite rightly, that Mr. Havering did *not* shoot his uncle. But there is a Mrs. Havering, Hastings."

"Impossible! The housekeeper was with her when the shot was fired."

"Ah, yes, the housekeeper. But she has disappeared."

"She will be found."

"I think not. There is something peculiarly elusive about that housekeeper—don't you think so? It struck me at once."

"She played her part, I suppose, and then got out in the nick of time."

"And what was her part?"

16.

« Vous savez ? Comment l'avez-vous découvert ? »

« Vos réponses éclairantes à mes câbles m'ont fourni la vérité. Voyons, Hastings, examinons les faits méthodiquement et dans l'ordre. Mr Harrington Pace est un homme qui possède une fortune considérable qui, à sa mort, passera sans doute à son neveu, point numéro un. Son neveu est connu pour être désespérément endetté, point numéro deux. Son neveu est également connu pour être - comment dire - un homme à la fibre morale légère ? Point numéro trois ! »

« Mais il est prouvé que Roger Havering a voyagé directement jusqu'à Londres. »

« Précisément ! Et donc, comme Mr Havering a quitté Elmer's Dale à dix-huit heures quinze, et que Mr Pace ne peut pas avoir été tué avant son départ (sinon le médecin aurait repéré l'heure du crime comme étant mal indiquée lorsqu'il a examiné le corps), nous concluons, à juste titre, que Mr Havering n'a pas tiré sur son oncle. Mais il y a une Mme Havering, Hastings. »

« Impossible ! La gouvernante était avec elle quand le coup de feu a été tiré. »

« Ah, oui, la gouvernante. Mais elle a disparu. »

« On la retrouvera. »

« Je ne le pense pas. Cette gouvernante a quelque chose d'étrangement insaisissable, vous ne trouvez pas ? Ça m'a frappé tout de suite. »

« Elle a joué son rôle, je suppose, et s'est enfuie juste à temps. »

« Et quel était son rôle ? »

17.

"Well—I presume to admit her confederate, the black-bearded man."

"Oh, no, that was not her part. Her part was what you have just mentioned, to provide an alibi for Mrs. Havering at the moment the shot was fired. And no one will ever find her, *mon ami*, because she does not exist! 'There's no sech person,' as your so great Shakespeare says."

"It was Dickens," I murmured, smiling. "But what do you mean, Poirot?"

"I mean that Zoe Havering was an actress before her marriage, that you and Japp only saw the housekeeper in a dark hall, a dim, middle-aged figure in black with a faint, subdued voice, and finally that neither you, nor Japp, nor the local police whom the housekeeper fetched, ever saw Mrs. Middleton and her mistress at one and the same time. It was a child's play for that clever and daring woman. On the pretext of summoning her mistress, she runs upstairs, slips on a bright jumper and a hat with black curls attached which she jams down over the gray transformation. A few deft touches, and the make-up is removed; a slight dusting of rouge, and the brilliant Zoe Havering comes down with her clear ringing voice."

"But the revolver that was found at Ealing? Mrs. Havering could not have placed it there?"

17.

« Eh bien, je présume faire entrer son complice, l'homme à la barbe noire. »

« Oh, non, ce n'était pas son rôle. Son rôle était ce que vous venez de mentionner, de fournir un alibi à Mme Havering au moment où le coup de feu a été tiré. Et personne ne la trouvera jamais, mon ami, parce qu'elle n'existe pas ! 'There's no sech person', comme le dit votre si grand Shakespeare. »

« C'était Dickens », ai-je murmuré en souriant. « Mais que voulez-vous dire, Poirot ? »

« Je veux dire que Zoe Havering était une actrice avant son mariage, que vous et Japp n'avez vu la gouvernante que dans un hall d'entrée sombre, une silhouette sombre, d'âge mûr, vêtue de noir, à la voix faible et contenue, et enfin que ni vous, ni Japp, ni la police locale que la gouvernante est allée chercher, n'avez jamais vu Mme Middleton et sa maîtresse en même temps. C'était un jeu d'enfant pour cette femme intelligente et audacieuse. Sous prétexte de convoquer sa maîtresse, elle court à l'étage, enfile un pull brillant et un chapeau à boucles noires qu'elle enfonce sur ses cheveux gris. Quelques gestes habiles, et le maquillage est enlevé ; un léger saupoudrage de rouge, et la brillante Zoe Havering descend avec sa voix claire et sonore. »

« Mais le revolver qui a été trouvé à Ealing ? Mme Havering ne pouvait pas l'avoir placé là ? »

18.

"No, that was Roger Havering's job—but it was a mistake on their part. It put me on the right track. A man who has committed a murder with a revolver which he found on the spot would fling it away at once; he would not carry it up to London with him. No, the motive was clear; the criminals wished to focus the interest of the police on a spot far removed from Derbyshire; they were anxious to get the police away as soon as possible from the vicinity of Hunter's Lodge. Of course, the revolver found at Ealing was not the one with which Mr. Pace was shot.

Roger Havering discharged one shot from it, brought it up to London, went straight to his club to establish his alibi, then went quickly out to Ealing by the District Railway, a matter of about twenty minutes only, placed the parcel where it was found and so back to town. That charming creature his wife, quietly shoots Mr. Pace after dinner—you remember he was shot from behind? Another significant point, that! She reloads the revolver and puts it back in its place, and then starts off with her desperate little comedy."

"It's incredible," I murmured, fascinated. "And yet…"

"And yet it is true. *Bien sûr*, my friend, it is true! But to bring that precious pair to justice, that is another matter. Well, Japp must do what he can—I have written him fully; but I very much fear, Hastings, that we shall be obliged to leave them to Fate—or *le bon Dieu*—whichever you prefer."

18.

« Non, c'était le travail de Roger Havering - mais c'était une erreur de leur part. Cela m'a mis sur la bonne piste. Un homme qui a commis un meurtre avec un revolver qu'il a trouvé sur place s'en débarrasserait immédiatement ; il ne l'emporterait pas à Londres. Non, le motif était clair : les criminels souhaitaient focaliser l'intérêt de la police sur un endroit très éloigné de Derbyshire ; ils avaient hâte d'éloigner la police le plus rapidement possible des environs de Hunter's Lodge. Bien sûr, le revolver trouvé à Ealing n'était pas celui avec lequel Mr Pace a été tué.

Roger Havering a tiré un coup de feu avec le revolver, l'a apporté à Londres, est allé directement à son club pour établir son alibi, puis s'est rendu rapidement à Ealing par le District Railway, une affaire d'une vingtaine de minutes seulement, a placé le colis là où il a été trouvé et est donc retourné en ville. Cette charmante créature, sa femme, abat tranquillement Mr Pace après le dîner - vous vous souvenez qu'il a été abattu par derrière ? Un autre point important, celui-là ! Elle recharge le revolver et le remet à sa place, puis se lance dans sa petite comédie désespérée. »

« C'est incroyable », ai-je murmuré, fasciné. « Et pourtant... »

« Et pourtant, c'est vrai. *Bien sûr*, mon ami, c'est vrai ! Mais traduire en justice ce précieux couple, c'est une autre affaire. Eh bien, Japp doit faire ce qu'il peut - je lui ai écrit en détail ; mais je crains fort, Hastings, que nous soyons obligés de les laisser au Destin - ou *au bon Dieu* - selon votre préférence. »

19.

"The wicked flourish like a green bay tree," I reminded him.

"But at a price, Hastings, always at a price, croyez-moi!"

Poirot's forebodings were confirmed. Japp, though convinced of the truth of his theory, was unable to get together the necessary evidence to insure a conviction. Mr. Pace's huge fortune passed into the hands of his murderers. Nevertheless, Nemesis did overtake them, and when I read in the paper that the Hon. Roger and Mrs. Havering were among those killed in the crashing of the Air Mail to Paris, I knew that Justice was satisfied.

THE END

19.

« Les méchants prospèrent comme de la mauvaise herbe », lui ai-je rappelé.

« Mais à un prix, Hastings, toujours à un prix, croyez-moi ! »

Les pressentiments de Poirot se sont confirmés. Japp, bien que convaincu de la véracité de sa théorie, n'est pas parvenu pas à réunir les preuves nécessaires pour garantir une condamnation. L'immense fortune de Mr Pace est passée entre les mains de ses meurtriers. Néanmoins, Nemesis les a rattrapés, et lorsque j'ai lu dans le journal que l'honorable Roger et Mme Havering étaient parmi les personnes tuées dans l'accident de l'Air Mail à Paris, j'ai su que la justice était satisfaite.

FIN

ABOUT THE AUTHOR

Agatha Christie (1890-1976) was an author of detective stories. She is known as the "Queen of Crime." Her works have been published in more than one hundred countries. She created the character of Hercule Poirot, a Belgian detective, who appears in several of her books and short stories.

ABOUT THE TRANSLATOR

France Dubin is the author of several novels in easy French. Her series *Petits meurtres français* has sold thousands of copies. Her books are bilingual French-English and are used by many French teachers and their students.

Her e-mail is france@francedubin.com.
Join her mailing list at francedubin.com.
Follow her on Instagram at @books.in.easy.french

AGATHA CHRISTIE

Agatha CHRISTIE (1890-1976) était une autrice de romans policiers. On l'appelle « la reine du crime. » Ses œuvres ont été publiées dans plus de cent pays. Elle a créé le personnage de Hercule Poirot, un détective belge, que l'on retrouve dans plusieurs de ses livres et nouvelles.

FRANCE DUBIN

France DUBIN est l'autrice de plusieurs romans en français facile. Sa série *Petits meurtres français* s'est vendu a des milliers d'exemplaires. Ses livres sont bilingues français-anglais, et ils sont utilisés par de nombreux professeurs de français et leurs étudiants. Son site web est francedubin.com.

Made in United States
North Haven, CT
28 August 2026

17340384R00026